그리운 나무

그리운 나무

정 희 성 시 집

창비

차 례

제1부

선물

그에게 시간을 선물했네
나에게 남겨진 모든 시간을
심장이 멎은 뒤에도
두근대며 흘러갈 그 시간을
친구가 눈감던 날
나 문득 두려움 느꼈네
이 사랑 영원할 수 있을까
그에게 시간을 선물했네
나 죽은 뒤에도 끝없이 흐를
여울진 그리움의 시간을

시인

그대에게 가닿고 싶네
그리움 없이는 시도 없느니
시인아, 더는 말고 한평생
그리움에게나 가 살아라

바람 부는 날

송정으로 드라이브를 했다
선생은 차창 너머로 내다보며
바닷물이 정말 짜냐고 그러신다
젊은 시인 하나가 신발 벗고 달려가
숫된 아침 파도 한움큼을 모셔온다
놀랍지만 누구에게나 신성한 의식 같은
첫 경험이라는 게 있는 법이라고 생각하며
고운 사람 하나 숨겨두고 싶을 만큼
작고 예쁜 어촌 마을을 더듬어 돌아나온다
일행 중 누군가가 탄식하듯 바람에 눕는
을숙도 갈대숲이 보고 싶단다
생각느니 바람처럼 살아온 나날
나는 이 나이 되도록 새들이 깃들인
아직 처녀인 갈대숲을 눕혀본 일이 없다

한로(寒露)

찬 이슬 내렸으니 상강(霜降)이 머지않다
귀뚜라미 울음소리 벽 사이에 들리겠네
지금쯤 벼 이삭 누렇게 익었으리
아, 바라만 보아도 배부를 황금벌판!
허기진 내 사람아, 어서 거기 가야지

벗이 보내온 유자를 받아들고

이사 가 짐 정리도 못했을 벗님이
보길도 집 마당 유자를 따 보냈네
임진년 동지섣달은 유난도 해서
마음 춥고 쓸쓸해 어찌 살꼬 싶은데
기산영수 어디인가 볕바른 남녘
유자 향 그윽한 겨울이 깊어가는가

곰삭은 젓갈 같은

아리고 쓰린 상처
소금에 절여두고
슬픔 몰래
곰삭은 젓갈 같은
시나 한수 지었으면
짭짤하고 쌉싸름한
황석어나 멸치 젓갈
노여움 몰래
가시도 삭아내린
시나 한수 지었으면

열암* 선생의 우스갯소리

춤 좀 출 만하니 허리가 아프고
글씨가 좀 될 만하면 팔에 힘이 없고
입맛 돌아오자 뒤주에 쌀 떨어지고
여자가 눈에 드니 몸이 말을 안 듣고

* 서예가 송정희(宋正熙)의 호.

16

기도

함세웅 신부를 위하여

나라가 온전히 우리 것이 아닐 제
누리에 나신 이여
동방에 나라가 있어
맨 처음 신의 이름으로
아침을 부르는 이 있습니다
어둠속에서 어둠을 뚫고 달려와
민주주의의 이름으로
조국을 밝히는 이 있습니다
우리들의 신부님
그이가 벌써 고희입니다
서녘으로 해가 더 기울기 전에
온전한 그의 나라가 임하게 하소서
새 하늘 새 땅이 열리게 하소서

그 꽃 좀체 필 기색 없으니

안 아픈 데가 없는 내 친구 김형영 시인은 종합병원이다
시신 기증 서약도 해놓은 터에 쓸 만한 장기가 있을까 모
르겠단다
젊어서는 병명도 낯선 특발성 혈소판감소증을 앓은 적이
있는데
그가 살아서 병원 문을 걸어나올 수 있을지 걱정한
이종상 화백이 목련 꽃봉오리 하나 그려주면서
봄이 와서 꽃이 벙글 때까지는 살아야 할 게 아니냐고

그 꽃 좀체 필 기색 없으니 그의 명이 길기는 길 터이지

전쟁은 이렇게 시작되었다

아주 사소한 한마디 말로부터
전쟁은 시작되었다
어떠한 도발에도 단호하게 대처하겠다는
말의 정당한 값을 치르기 위해
약체정권이라는 말 듣기 싫은 정부가
국민에게 한 군은 약속 때문에
전쟁은 시작되었다
남이나 북이나, 지긋지긋하게 오랜
민족의 장래와 머나먼 평화를 위해
한치도 일순간도 물러섬이 없이
무자비하게 응징하라 다그치는
흥분한 국회의원들 입이 무서워서
확전도 불사하고
폭탄이야 어디에 떨어지든 누가 죽든
싸락눈은 내리는데
지하 벙커에 들어앉아서

부끄러워라

부끄러워라
더이상 분노할 수 없다면
내 영혼 죽어 있는 것 아니냐
완장 찬 졸개들이 설쳐대는
더러운 시대에 저항도 못한 채
뭘 더 바랄 게 있어 눈치를 보고
비굴한 웃음 흘리는 것이냐
죽은 시인의 사회에서 이제 그만
주민등록을 말소하고
차라리 파락호처럼 떠나버리자
아아 새들도 세상을 뜨는데[*]
좀비들만 지상에 남아 있구나

* 황지우의 시 「새들도 세상을 뜨는구나」.

고서화 경매장에서

서화는 기교가 아니라 정신이다
이완용의 글씨 앞에서 발길을 멈추지만
아무도 그 서화의 값을 묻는 사람이 없다
그 영혼 얼마나 외로웠을까
나는 팔아먹을 나라가 없으므로
글씨를 싸게 팔지는 않는다

근황
2009년12월15일의 기록

암 수술 받고 병원 문을 나서다보니
골목 한켠으로 영안실이 눈에 들어오고
아직 살아 있는 사람들의 내일을 위해
인쇄소는 새해 달력을 찍느라 분주하다
생각느니, 죽음과 삶의 경계는 무엇인가
후미진 세월 모퉁이에서 몰래 만나
입 맞추듯 서로 피를 빠는 이 황홀경!

북방에서

연암은 말을 멈추고 요동벌을 바라보며
한바탕 목 놓아 울 만한 곳이라 했다지만
벗이여
7월에도 장마가 그치지 않거든
시베리아에서 내가 울고 있는 줄 알라

물구나무서서 보다

이것은 정말 거꾸로 된 세상[*]
집 잃은 시민들이 시위하다 불타 죽은 아침
억울해 울면서 항복하듯 다리를 들고
팔목이 시도록 맨손으로 우리는
이 땅을 디딜 수밖에 없는 노릇이다
가난이 제 탓만도 아닌데
우리들의 시대는 집이 헐린 채
제 삶의 터전을 지키기 위해 싸우는 사람들을
도심 속의 테러리스트라 부르고 있다
그러니, 하느님 나라 사람들한테 쫓겨 가자지구로 간
팔레스타인은 팔레스타인에만 있는 게 아니다
요르단에서 만난 팔레스타인 소년은
언젠가 조국으로 돌아가기 위해
장난감 총을 들고 전사의 꿈을 키우고 있고
아마 머지않아 테러리스트가 될 것이다
이것은 정말 거꾸로 된 세상, 이상한 나라의
황혼이 짙어지면 미네르바의 부엉이는 날기 시작하고
지금 집이 없는 사람들은 어떻게든 죄를 지어

24

겨울이 더 깊어지기 전에 서둘러
촛불을 들고 어두운 감옥으로 가리라
감옥 밖이 차라리 감옥인 세상이기에

* 하이네의 시 「거꾸로 된 세상」의 첫 구절.

두문동

자세를 낮추시라
이 숲의 주인은 인간이 아니다
여기는 풀꽃들의 보금자리
그대 만약 이 신성한 숲에서
어린 처자처럼 숨어 있는
족두리풀의 수줍은 꽃술을 보려거든
풀잎보다 더 낮게
허리를 굽히시라

불 꺼진 여자

환자복 입은 여자가 병원 벤치에 앉아
연거푸 담배를 피워대고 있다
무슨 속 태울 일이 있었을까
타다 만 장작마냥 연기가 피어올랐다

제2부

누가 기뻐서 시를 쓰랴*

꽃이 마구 피었다 지니까
심란해서 어디 가 조용히
혼자 좀 있다 오고 싶어서
배낭 메고 나서는데 집사람이
어디 가느냐고
생태학교에 간다고
생태는 무슨 생태?
늙은이는 어디 가지도 말고
그냥 들어앉아 있는 게 생태라고
꽃이 마구 피었다 지니까
심란해서 그러는지는 모르고
봄이 영영 다시 올 것 같지 않아
그런다고는 못하고

* 이상국의 시 「그늘」의 첫 행.

가을 엽서

바람에 쏠리는 나뭇잎을 보며
오래도록 생각에 잠기네
빛 고운 이 낙엽 나라
가을은 얼마나 깊은가
아름다운 이 세상 보았으니
그대 향한 이 마음과
좋은 시 한편 쓰는 일 말고
무엇이 나에게 더 남아 있겠는가

한거(寒居)

이제 다 내려놓고
단순하게 살고 싶네
콩댐을 한 장판방
머리맡엔 목침 하나
몸 이긴 마음이
어디 있을까
창호지에 들이치는
싸락눈 소리

우리들은 꽃인가

칠십년대 시인들 몇이 만나
얘기를 나누다가 불쑥
문정희 시인이 물었다
우리들이 꽃인가요?
나는 아득히 멀리 두고 온 별을 생각했다
생각 끝에
나는 꽃을 피운 적이 없다고 했다
벌도 나비도 날아들지 않는
이 맥 빠진 불임의 시대
좀처럼 시는 내게로 오지 않고
어느날 문득 나는 방전돼버렸다

씨뿌리기

봄이 왔다 싶어 남보다 먼저 밭에 나가
씨를 뿌리고 날마다 물을 주었지만
다른 밭에는 싹이 올라오는데
오래된 우리 밭은 감감무소식이네
물을 너무 많이 주어 그럴까
그동안 기온이 너무 낮았던 탓일까
아니면 씨를 너무 깊이 묻었거나
그날 씨 뿌리는 걸 옆에서 보고 있던
배고픈 새가 와서 다 쪼아 먹었거나
무언가 잘못되기는 잘못됐을 테지
밭일도 아무나 하는 게 아니라는 걸
몰라서 하는 소리는 아니지만 속이 상한
나는 그게 어리석은 짓인 줄 알면서도
씨를 다시 뿌리자는 아내 말을 못 들은 척
휑하니 돌아서서 집으로 돌아오며
씨를 뿌리느니 차라리 시를 뿌리지
생각에 생각을 거듭하면서

시가 어디 아픈지

시가 어디 아픈지
이마에 열이 나서
백담사나 어디
마음 서늘해질
계곡물 소리로 식혀볼까 하고

무릇, 시란, 숨이 끊어지는
그 순간의 숨소리같이

생각하며 길을 나서서
시는 쓰다 말고
원고지는 그냥 놔둔 채
차가운 바위에 손을 얹어보고
눈시울 붉어지도록 뺨도 대보고

파적(破寂)

김형영 시인이 되게는 심심했던지
하루는 나한테 전화를 걸어와서
어느 하늘 아래 있냐고
치어다보니
바로 지붕 위가 하늘이라고

"하늘이 하도나 고요하시니
난초는 궁금해 꽃 피는 거라"*고

* 김형영 시인은 미당의 이 시구를 가끔 입에 올리고는 한다.

고백

주여 용서하소서
그가 왕이 되었으니
나는 평생 역적으로 살았습니다
말로써 무엇을 이루겠나이까
나는 기교를 버렸습니다
지상에 눈이 어두운데
하늘의 일을 어찌 알겠습니까
비로소 여기
천지를 헤매다 가겠나이다

그대를 잊지 못하리

한 시대가 이렇게 가는구나
나더러는 조시나 쓰라 하고
김근태가 또 먼저 갔다
고문 끝에 온 민주주의가
견디다 못해 몸이 굳어져갈 즈음
그 모진 고통의 기억
잊어버리고 싶기도 했겠지

우리들의 정신적인 대통령
그대를 잊지 못하리
그대가 몸 바쳐 그토록 열망하던 자유와
민주주의를 향한 눈물겨운 꿈의 세포는
살아서 이 시대를 견디고 있는
우리의 기억 속에 남아
2012년 새해 아침을 탈환하리

은행

오, 풍요로운 나라의
황금나무!
가지에 달린 금빛 찬란한 잎새
허기진 사람들의 낯빛 같은
아름다운 빛깔 어느 구석에
그토록 구린 냄새를 숨겨두었던가

참요

신묘년에 기이한 일이 많았다
지축이 흔들리고 바다가 솟구쳐
하늘에 울음소리 가득하고
땅에는 핏물이 흥건하다
짐승도 살아남기 힘든 시대
새 세상을 꿈꾸는 자는
상기도 깊이 잠들어 있나
여기저기서 죽겠다고 아우성인데
망나니는 귀를 막고 칼춤을 추고
산허리에 걸린 붉은 달을 보며
뭇 개들이 미친 듯이 짖어댔다

스마트한 전쟁은 없다

싸움이 정 하고 싶으면
장수들끼리 칼싸움을 하거나
말에서 내려와
팔씨름을 하면 된다
불안하니까 요즈음
이런 말도 안되는 꿈만 꾼다
남과 북이 전쟁을 하면
누가 이길까
그야 물론 미국이 이긴다
설사 살아남은 자가 있다 해도
그는 다친 다리를 질질 끌며
거기 아무도 없소?
구석기시대로 갈 것이다

바람의 노래

한라산 꼭대기에 올라
귀 기울여보라 제주에서는
바람도 파도 소리를 낼 줄 안다
여기는 천상에 속한 나라
누구든 이곳에 오려거든
무기를 버리고 오라
나는 재앙이 아니라 평화를
노래하기 위해 세상에 왔다
바람이 노래하는 이 장엄!
하늘이 바다고 바다가 하늘이다

묵침의 님

강원도 인제군 북면 용대리
만해마을에 가면 묵침의 님을 볼 수 있다기에
이른 아침 서둘러 만해사(萬海寺)에 가보았더니
님은 보이지 않고 침묵만 있더이다
예불 시간이 되어도 오시지 않고
예불 시간이 지나서도 보이지 않더이다
아아, 묵침의 님이여
이 나라는 지금 어디에 있습니까
제 곡조를 못 이기는 사랑의 노래는
님의 침묵을 휩싸고 돕니다*

* 만해의 시 「님의 침묵」 마지막 행.

그

저 벼락을 보았느냐
결코 죽지 않을 것처럼 살던 그가
살았던 적이 없는 사람처럼 죽었다

음지식물

음지식물이 처음부터 음지식물은 아니었을 것이다
큰 나무에 가려 햇빛을 보기 어려워지자
몸을 낮추어 스스로 광량(光量)을 조절하고
그늘을 견디는 연습을 오래 해왔을 것이다
나는 인간의 거처에도 그런 현상이 있음을 안다
인간도 별수 없이 자연에 속하는 존재이므로

하동 시편

봄이 뭍으로 와서 맨 처음 발 디딘 곳이
섬진강 하동포구 어디쯤일까
섬진강 하동포구 팔십리 길을
하루는 말고 한 닷새쯤 걸어봤으면
꿈길 같은 그 길로 바람이 불어
벚꽃이 수천수만 소쿠리 지고 나면
배꽃이 또 수천수만 소쿠리 피어나던 것을
최참판댁 뜨락에 수북이 부려놓고는
오가는 사람들에게 퍼가라고 눈짓하듯이
그 녘 인심이 그렇게 넉넉한 건지도 몰라
언젠가 진주에서 술대접 좋이 받고
거나하게 취하여 이 길을 지나더니
다주불이(茶酒不二)라고 술 대신 내어놓은
야생차 그 맑은 향기에 정신이 들던 것을
지나가는 나그네를 불러들여
햇봄 묵은 정 다 퍼주고서는
그만 혼자 쓸쓸해지는 평사리 봄밤 같은*
벗이여 우리네 삶이 녹차 향만 하던가

46

벗이여 우리네 삶이 녹차 향만 하던가

* 최영욱 시인의 시에 「평사리 봄밤」이 있다.

제3부

매미

매미도 나무를 붙들고
울고 싶었을 것이다
몸 가눌 길 없는 슬픔으로
매미도 기대 울고 싶은
나무가 있었을 것이다
오랜 세월 땅속에서 몸부림치다
한여름 며칠쯤은 하늘을 바라
허물을 벗어놓고 울고 싶었을 것이다

표절

사랑은 길들지 않은 말과 같아서
고린도전서에 가둘 수가 없습니다
사랑은 사랑한다는 말 그 앞에 있어
누가 무슨 말을 해도 표절이 되지요

이 풍진 세상을

이 풍진 세상을 만났으니
너의 희망이 무엇이냐*
새 집 한채 지어보고
시앗 하나 거느리고
송사 한번 해봤으니
사내 할 일 다 했을까
부귀와 영화를 누렸으면
희망이 족할까*

* 〈희망가〉의 가사.

서로 다른 생각을 하다

自去自來堂上燕이요
相親相近水中鷗라*
이 구절을 읽다 문득 감상에 젖어
제비 본 지도 오래됐지? 했더니
한 학생이 얼른 받아서
강남 가면 많아요 한다
교실이 온통 웃음바다다
나는 웃지도 않고 짐짓
그래, 강남 갔던 제비가
봄이 돼도 돌아올 줄 모르는구나
하고 나니 그만 혼자 서글퍼진다

* 두보의 「강촌」에서 인용. '저절로 가며 오는 것은 집 위의 제비
요, 서로 친하며 가까운 것은 물 가운데 갈매기로다'라는 뜻.

밝은 낙엽
황동규 시인의 최근 시를 보며

가파를 것도 없는 산길 오르다가
돌부리에 걸려 내 몸 패대기쳤습니다
단풍잎 손바닥에서 피가 흘렀지만
넘어진 김에 한참 주저앉아 있었지요
때 이르게 물든 나뭇잎 하나
햇살을 받아 밝게 빛나고 있었습니다
병이 들어 바람에 날리는 나뭇잎이
누선(淚腺)을 건드리며 떨어져내립니다
언젠가 나도 삶을 송두리째
패대기쳐야 할 날이 오겠지요
그날을 위해 저 나뭇잎의 조용한
착지법을 익히리라 생각했습니다
그러자면 욕망으로 가득 찬 육신과 영혼의
무게를 한참은 더 덜어내야 하겠지만요

나의 아코디언

이것은 가슴을 여는 소리
설레는 내 마음 들었느냐
오직 너만을 그리워하는
골 깊은 이 가슴 보았느냐

피나*를 위하여

말이 끝나는 곳에서
춤이 시작된다
피나
물방울도 춤추게 하는 그 여자
침묵하는 내 영혼이, 혹은 나의 시가
말 한마디 없이
미쳐 날뛰는
춤이 되게 할 수는 없을까

* 무용가 피나 바우쉬.

시인 고은

그는 정규적인 교육을 제대로 받지 못했지요
머슴 대길이가 우리글을 가르쳐주었답니다
생각하거니, 식민지가 무엇을 가르쳤겠습니까
차라리 무학이 그의 문학을 만들었다고 봐야지요
'누님께서 더욱 아름다웠기 때문에 가을이 왔습니다'
이게 말이나 되는 소리인가요 그러나 이런 비문(非文)이
기막히게 명문이 되는 지점에 고은의 문학이 있습니다

눈 밝은 사람

리영희

내 눈을 뜨게 해준 사람
망막 뒤에 가려진
참세상 보게 해준 사람
그러나 눈먼 자들의 도시에서
눈을 뜬 사람은 장애인
눈뜬 자만이 보게 되는
세상은 처참하여 차라리
나는 눈을 감고 생각하네
누구는 그의 눈이 붉다지만
그는 누구보다 눈이 밝은 사람
그를 보내는 내 눈 붉어지네
그를 보내며 내 눈 붉어지네
그는 나를 장애로 만든 사람
그러나 미워할 수 없는 사람
미워해서는 안될 사람!
그를 보내는 내 눈 붉어지네
그를 보내며 내 눈 붉어지네

우리나라가 아름다운 것은

너도밤나무가 있는가 하면 나도밤나무도 있다

그런가 하면 바람꽃은 종류도 많아서 너도바람꽃 나도바람꽃 변산바람꽃 남방바람꽃 태백바람꽃 만주바람꽃 바이칼바람꽃뿐만 아니라 매화바람꽃 국화바람꽃 들바람꽃 숲바람꽃 회리바람꽃 가래바람꽃 쌍둥이바람꽃 외대바람꽃 세바람꽃 꿩의바람꽃 홀아비바람꽃 등 종류도 많은데 이들은 하나같이 꽃이 아름답다

어떤 이는 세상에 시인이 나무보담도 흔하다며 너도 시를 쓰느냐고 묻는다 그러나 시인이 많은 게 무슨 죄인가 전 국민이 시인이면 어떻단 말인가 그들은 밥을 굶으면서도 아름다움을 찾아 나선 사람들이다 우리나라가 아름다운 것은 시인이 정치꾼보다 많기 때문 아닌가

하산주(下山酒)를 마시며

나라가 위기에 처해서도 꿈쩍을 안했으니
빈대떡 짠 것을 가지고는 화를 낼 수 없네
김지하의 「오적」이 대체 언제 적 얘기인가
올곧은 그 글이 무죄라니 사필귀정이지
이제 새삼 호들갑 떨 일이 무엇이란 말인가

시방 내가 무슨 말을 하고 있는 거지?

'왼쪽 다리를 올리고 서 있는 긴 머리 여성의 누드'와
'오른쪽을 바라보며 무릎 구부린 채 누워 있는 누드' 사
이에서
클림트와 나의 관음증이 만나 눈홀레를 하는 동안
함께 전시회를 보러 온 시는 어디 갔는지 보이지 않았다
저 혼자 쏘다니다 못마땅한 얼굴루 돌아와 투덜대겠지
문제는 정치야, 이 바보야!
시와 정치는 쉽사리 화해할 성싶지 않은데
서로 사랑하라는 말을 남기고 추기경이 선종한 오후
인사동으로 들어와 밤늦도록 술을 마시면서
무신론자는 신념이 강하지 않으면 안되겠다고 생각했다

백비(白碑)

시월 십일월 해마다 무슨 원혼처럼
산다화 붉은 멍울 부풀어오를 때쯤
바닷가에 이르러 눈물 나고야
여수, 아름다운 만성리 바닷가에 이르자면
어두운 말굽터널 지나야 하니
마주 오는 차와 부딪히지 않으려면
몇번쯤 오른쪽으로 비켜서야 하리*
암울한 현대사 굴속 같은 마래터널
왼편으로 왼편으로 몰아세운 절벽 아래
여순사건 위령비 하나 울먹이며 서 있느니
아, 그날의 총소리 멎은 지 60년이 지나서도
아직 말 못할 무슨 사연 있어
겨우 점 여섯개 찍어 백비를 세웠는가

* 김진수 시인의 시 「좌광우도」에 기대어 씌어진 시구임.

우도에서

올레길 걷던 젊은이 하나가 카메라를 들이대며
말귀도 못 알아듣는 말을 향해 김치이── 하는데
그 모양이 생각하면 할수록 재미있어서
한참 가다 만난 소를 보고 이번에는 내가
사진기를 꺼내들고 마악 김치이── 하려는데
웬 늙은이 하나가 팔을 걷어붙이고 나타나서는
사진 찍으면 죽여버리겠다고 난리를 친다
무슨 벼락 맞은 기분으로 곰곰 생각해보니
아하, 여기가 참 우도(牛島)가 아닌가
소한테도 초상권이 있고 인격이 있어 그러는 게지

건봉사 불이문 앞에서 그대 부음을 듣고

서둘러 그대를 칭송하지 않으리
이승의 잣대로 그대를 잴 수야 없지
그대는 나에게 한이고 아쉬움
이 아쉬움은 아직도 죽지 않고
살아 있는 우리들의 몫이지만
그대는 처음 죽는 사람도 아니고
이 더러운 현대사 속에서
이미 여러번 살해당한 사람
나는 전쟁통에도 불타지 않은
금강산 건봉사 불이문(不二門)에 이르러
그대의 마지막 부음을 듣는다
둘이 아니라면 하나
하나도 못된다면 반쪽이지
통일의 길은 아직도 멀기만 한데
걸어온 길이 뒤집히는 꼴을 보면서
그대는 기어이 등을 보이는구나
아아 노여움을 품고
한 시대가 이렇게 가는 거지!

누가 와서 내 가슴 쓸어주었으면!
사명대사 동상과 만해 시비 앞에 서서
나라 사랑 못 느낄 자 누구랴마는
나는 별수 없는 떠돌이 시인
그대가 끝까지 귀를 열고 기다렸을
좋은 소식 전해주지 못한 채
고성 외진 바닷가에 이르러
마시던 술을 바다에 쏟아버린다
그대여 이 경박 천박한 세상 말고
개벽세상에나 가 거듭 나시라

시베리아

사흘 낮 사흘 밤 넋을 잃고
하늘이 통째로 내려앉은
시베리아 벌판을 바라본다
그 광활한 규모를 생각하는데
왜 하필 이런 말이 떠오를까
'북한보다 넓은 만주벌판은 없다'
통일부를 드나들던
어떤 기자가 한 말이라고 한다
나는 섬나라에서 왔다
모래야 나는 얼마큼 작으냐*

* 김수영 시인의 시구.

통영 시편

국립현대미술관에서 사생답사를 간다고 해서 시인 몇이 화가들 틈에 끼어 따라나서는데 오늘따라 아침부터 비가 내린다. 시인들이야 날이 궂다고 시를 못 쓸까마는 화가들은 어쩌나 하고 있는데 여운 화백이 먼저 와 있는 나를 보더니 시인들이 무슨 날궂이 하러 왔느냐고 그런다

옛날에 시를 잘 썼다는 백석이 제가 좋아하던 여자 생각하며 자다가도 일어나 바다로 가고 싶다던 곳 통영 부웅부웅 뱃고동이 우는 선창가 어디 금이라는 처녀와 난이라는 처자도 있고 생선 가시 수북이 쌓인 객줏집 마루방에는 천희라는 여인도 있을 터인데

이제 술맛이 날 법한 술시쯤 되어 같이 온 김사인 강형철 도종환 시인이 나 혼자만 남겨두고 이 밤에 그만 서울로 올라간단다. 내가 불편해서 그러나. 도종환은 내일 작가회의 사무실을 옮긴다고 짐 싸러 간다지만 두 사람은 낮에도 시는 안 쓰고 술타령만 했는데…… 또 나 모르게 무슨 멋진 행간(行間)의 서사(敍事)를 만들러 가나보다

교감

전깃줄 위에 새들이 앉아 있다
어린아이가 그걸 보고서
금세 눈물이 그렁그렁해지더니만
"내려와아, 위험해애"

제4부

그리운 나무

나무는 그리워하는 나무에게로 갈 수 없어
애틋한 그 마음 가지로 벋어
멀리서 사모하는 나무를 가리키는 기라
사랑하는 나무에게로 갈 수 없어
나무는 저리도 속절없이 꽃이 피고
벌 나비 불러 그 맘 대신 전하는 기라
아아, 나무는 그리운 나무가 있어 바람이 불고
바람 불어 그 향기 실어 날려 보내는 기라

여름은 가고

가을은 허공이 깊어가는 계절
철 지난 바닷가에서 고개 숙인 채
모래를 차며 걷고 있는
저이도 잃어서는 안될 무얼 잃은 걸까
오래 지니고 있던 뜨거운 것들을
잃어버린 가슴 한구석이 텅 빈 듯
오오 지나온 일들을 생각느니
서쪽 허공을 헤아릴 수나 있겠는가
젖은 수평선이 그렁그렁
눈시울에 와 굽이칠 뿐

노을고개[*]

안동에 가면 안동숙맥 하나가
노을고개에 서서 서녘 하늘 바라보고
늘상 사람을 그리워하며 혼자 살고 있는데
정작 그리운 사람은 아니 오고
해마다 봄만 되면
안동이 그리운 나 같은 늙은 아이가
거기는 꽃이 언제 피느냐고
꽃 피면 불러달라고
보채어 기어이 며칠 묵고 온다

* 안상학 시인의 필명이기도 하다.

무쇠솥 같은 거나

무쇠솥 같은 거나
마음속에 걸어두고
괄은 장작불 석달 열흘은
지펴야 하리
마음 좀체 뜨거워지지 않으니
세상 오래 달궈야 하리
무쇠솥 같은 거나
세상에 걸어두고
석달 열흘은 식은 마음
달궈야 하리

단정학 앞에 서서

언젠가 고양시에서 강연이 있던 날
좀 일찍 와서 산책이나 하자는
박철 시인과 호수공원을 거닐다가
외다리로 오래 서 있는 단정학을 보았다
우리나라 논밭 드넓은 하늘을 날던
이 새를 이제 십장생도에서나 볼 수 있는데
그렇게 가까이서 보기는 처음이었다
우리라고 제법 크게는 지어놓았지만
그 큰 새가 날기에는 너무 좁아 보였다
중원의 넓은 들을 날던 새가 여기 와서
십년 넘게 날갯짓 한번 제대로 못해보고
외다리로 서서 먼 하늘만 바라보았을 터이다
그 새를 보지 않았어야 했다
팔을 들어보았지만 날아지지 않았다
생각해보면 박철 시인이 외다리로 오래
서 있는 그 단정학 앞에 나를 세워둔 것은
남모를 무슨 뜻이 있었을 성싶다
그는 짝 잃은 저 외로운 단정학에 관해

한편의 시를 쓴 적이 있다고 했다
그걸 아직 읽어본 적이 없지만
얼핏 미당의 시 한 구절이 생각났다
그 시의 이마에도 몇방울의 피가
맺혀 있을 것이라고 생각하며 나는
학이 정수리에 얹힌 붉은 점을 오래오래
바라보고 바라보며 한쪽 다리를
슬며시 들어올리는 시늉을 해보았다

책

책이 죽어나가고
서점이 문을 닫았다
내가 잘 아는 작가 한분이
집에 있던 책을 들고 나와
천원짜리 한장을 얹어준다
천원어치만 읽어달란다
정가가 구천원인데
천원어치만 읽어달란다
보아야 할 눈도 더이상
들어야 할 귀도 없는 세상
작가들이 잠잠해지면
돌들이 일어나 외칠 것이다[*]

[*] "그들이 잠잠하면 돌들이 외칠 것이다."(누가복음 19장 40절)

새벽의 얼굴

서기원 선생을 생각하며

빗자루를 든 성자의 모습을 보았습니다
그는 밤사이에 내린 어둠을 쓸어내고 있었지요
그가 쓸어놓은 길로
새벽이 길게 걸어왔습니다
빛의 근원에서
새처럼 재잘대며
밝은 아이들이 떼 지어 걸어나오고 있었습니다

봉화산

당신 떠난 그 자리에
사람들이 모여듭니다
당신 떠난 그 자리에
사람들이 서성이며 울고 있습니다
아아 천둥 번개 비바람 지난 뒤에도
당신 떠난 빈자리에
사람들은 숲이 되어 서 있습니다

시답잖은 시

대통령들이 죽으면
내가 조시 썼는데
죽어도 대통령이 될 리 없는
내가 죽으면 누가
조시 쓸랑가

후꾸시마

큰 지진이 있었다
땅이 그토록 심하게 흔들렸는데
사람들의 마음이 흔들리지 않으므로
사람 대신 성낸 물결이 벌떡 일어섰다
후꾸시마는 후꾸시마에만 있는 것이 아니다
해 뜨기 전 바다에서 불기둥이 솟더니
원자력발전소가 있는 뭍으로
고래들이 거대한 몸을 던져 익사하는 것이
지난밤 꿈에 보였다

자웅암(雌雄巖)

와룡면 합강 삼거리에서 안동 방향으로 가다보면
와야천을 가운데 두고 치마바위를 마주해 서 있는 바위
하나
이 바위에 기도를 드리면 아들을 얻는다는 전설이 있어
아낙네들이 밤이나 낮이나 거기다 대고 머리를 조아렸
것다
그런데 언젠가 도로 공사를 하다 그만 그 바위가 무너졌
는데
그 무렵 누가 무슨 마음으로 그랬던지 치마바위에다가
못난 글씨로 '自力更生'이라 새겨놓고 뼁끼칠까지 했던
것을
종래는 보기가 민망했던지 지운 흔적이 생채기로 남아
있어
그 엄혹했던 군사정권 시절을 지나 한참 세월이 흘렀어도
참 여러가지로 많은 생각을 자아내게 하는 것이었다

변화

무역센터 건물이 무너졌어도
무역은 사라지지 않았다
건물이 무너진 자리에 건물이 밀어낸
부피만큼 공기가 새로 들어찼고
사람들이 사라진 모양의 공간으로
사람 모양의 바람이 밀려들어왔다
그날 이후 건물에 가려 보이지 않던
한결 넓어진 하늘로 해가 지고
달이 뜨고 구름이 지나가고
무성영화의 한 장면처럼
새들이 끼룩대며 날아갔을 것이다

2010년

제국주의의 침략으로 나라를 잃은 지 100년
동족상잔의 비극을 겪은 지 60년
피로써 민주주의를 외친 4·19혁명 50주년
그로부터 세월이 흘러 다시 피맺힌 광주항쟁 30주년
5월은 오래전에 죽은 이들을 생각하는 달*
민주주의로 가는 길은 멀구나
가슴에 손을 얹고 생각해보라
더는 슬픈 기념일을 만들지 말자

* 아메리카 원주민 아라파호족은 5월을 '오래전에 죽은 자를 생
  각하는 달'이라 부른다.

독서일기

18대 대통령 선거 개표방송을 보다가 텔레비전을 끄고 책을 집어드는데 보들레르의 『파리의 우울』이 손에 잡힌다.

——내가 방금 본 것은 한 늙은 문학자의 이미지다. 그는 한 세대를 즐겁게 해준 훌륭한 광대였으나 그의 세대는 지나가버린 것이다. 친구도 없고 가족도 없고 어린애도 없으며 빈곤과 몰이해한 대중으로 인해 망가진 늙은 시인의 이미지!

젊어 읽은 『어우야담』 한 대목이 생각났다.

——한강 가에서 귀신탈을 쓰고 아내와 함께 걸식하며 사는 광대가 있었다. 초봄에 부부가 탈을 쓴 채로 한강을 건너는데, 아내가 녹은 얼음을 밟는 바람에 물에 빠졌다. 남편이 황급하여 미처 탈을 벗지 못한 채 발을 구르며 울고 있는데, 양쪽 강기슭에서는 그 모습을 보고 웃지 않는 자가 없었다.

나는 바로 '유몽인'을 검색해보았다.

——유몽인은 1592년 수찬(修撰)으로 명나라에 다녀오던 중 임진왜란이 일어나 평양까지 선조를 모시고 따라갔다. 임진왜란을 겪는 동안 명나라 관원을 상대하는 외교적인 임무를 맡아 일했다. 광해군 시절에는 북인(北人)에 가담했으나 인목대비 유폐(幽閉)에 찬성하지 않는다 하여 배척되었다. 그뒤 벼슬을 버리고 고향에서 은거하던 중 대제학에 추천되었으나 거절했다. 이로 인해 1623년 인조반정 때 화를 면할 수 있었지만 그해 7월 현령 유응경이 광해군의 복위를 꾀한다고 무고하여 아들 약(瀹)과 함께 사형되었다. 그의 깨끗한 이름을 기려 전라도 유생들이 문청(文淸)이라는 사시(私諡)를 올리고 운곡사(雲谷祠)에 봉양했다. 신원(伸寃)된 뒤 나라에서 의정(義貞)이라는 시호를 내리고 운곡사를 공인했으며 이조판서에 추증했다.

임진년 한해가 또 이렇게 저물어가는구나. 눈시울이 뜨거워 두 손으로 얼굴을 가리니, 턱에 수염이 까칠하다.

옥천

지용의 고장
옥천은 시의 나라
울에도 담에도 나무에도
돌 속에도 시가 사네
시가 깃든 바람벽이
창밖으로 비껴가니
시인은 그게 신기해
벽에 날개가 있다 하네
시가 있는 가게를 지나
동화의 나라 아이들은
시를 입에 물고 좋아라
천사같이 날갯짓하네
노래 되어 날아오르네

유목민

아마도 사랑에는
유목민의 인자가 들어있는 게다
그렇지 않고서야 어떻게 사랑 끝에
다시 그대를 그리워할 수 있겠는가
여전히 나는 배가 고프고
사랑에는 죄가 없네
님이여 그대 평생 일군 초원으로
나는 내 어린 짐승들을 몰고 가리

아득한 별과 싸락눈 소리

이숭원

　시대를 슬퍼하지 않으면 시가 아니며, 옳은 것을 권장하고 그른 것을 비판하는 뜻이 없으면 시가 아니라 했다. 정희성은 이 가르침을 좇아 40여년 여일하게 올바른 시의 경지를 추구하는 데 온 마음을 바쳐왔다. 시속을 개탄하되 제대로 된 말을 찾아 그것을 드러내려 했으며, 언어의 웅숭깊은 울림을 통해 발언의 취지가 더욱 넓게 퍼지도록 힘썼다. 이 둘이 균형을 잃는 일은 그의 시의 내력에 등장하지 않는다. 몰려오는 광풍에 맞서 죽창을 휘두르거나 광포한 억압에 내몰려 절망의 넋두리를 토해내는 일은 그의 시의 이력에 없다. 혁명을 외치는 시는 쓴 적이 없으나 세상의 변혁을 위해 애쓰다가 소슬하게 세상을 떠난 이들을 추모하는 시는 여러편 썼다. 그는 말의 가장 충실한 의미에서 진실한 시인의 삶을 살아온 것이고 앞으로도 그러할 것이다. 나는 이 점을 굳게 믿는 사람 중의 하나다.

지금부터 12년 전에 낸 그의 네번째 시집 『시를 찾아서』에 「말」이라는 시가 들어 있고 그 시의 끝 부분에 "나는 말하는 법을 새로 배워야겠다"라는 구절이 나온다. 그가 이런 생각을 갖도록 자극을 준 의인은 강원도 평창군 미탄면 청옥산 기슭에 사는 민지라는 아이였다. 그때 다섯살이라 했으니 지금은 성숙한 여학생이 되었을 것이다. 민지는 산기슭에 돋아난 잡풀들에게 아침 일찍 물을 주며 잘 잤느냐고 인사를 한다. "그게 뭔데 거기다 물을 주니?"라는 시인의 물음에 민지는 아주 당연하다는 듯 "꽃이야"라고 간단히 대답한다. 민지에게는 그것이 무가치한 잡풀이 아니라 소중한 "꽃"이다. 우리 모두 '꽃이야'라고 말해보자. 이 말에서 시가 솟아나는 것을 느낄 수 있을 것이다. 시대를 슬퍼하고 시속을 개탄하는 시의 근원이 여기에 있음을 안다면, 정희성의 다음 시에서 울려오는 말의 힘을 충분히 감득할 수 있을 것이다.

전깃줄 위에 새들이 앉아 있다
어린아이가 그걸 보고서
금세 눈물이 그렁그렁해지더니만
"내려와아, 위험해애"

　　　　　　　　　　　　　　　—「교감」 전문

시는 어디서 오는가? 바로 여기서 온다. 전깃줄 위에 앉은 새들을 보고 위험하니 내려오라고 눈물짓는 아이가 바로 시인이다. 요즘 같은 스마트한 세상에 그런 아이가 어디에 있느냐고? 우리가 몰라 그렇지 그런 마음을 가진 사람들이 많이 있다. 시인은 우리가 사는 세상을 "경박 천박한 세상"(「건봉사 불이문 앞에서 그대 부음을 듣고」)이라고 개탄하지만, 그래도 이 세상이 아름다운 것은 어린이의 마음을 가진 시인이 많기 때문이라고도 한다. "우리나라가 아름다운 것은 시인이 정치꾼보다 많기 때문"이며 시인들은 "밥을 굶으면서도 아름다움을 찾아 나선 사람들"(「우리나라가 아름다운 것은」)이기 때문이다. 그 사람들은 세상을 단순하게 보고, 본 것을 단순하게 말하려 한다. 민지의 "꽃이야"라는 말이 시가 되는 경지, "내려와아, 위험해애"가 시가 되는 자리를 찾으려 한다. 그래서 형식은 간결해지고 말은 소박해진다.

찬 이슬 내렸으니 상강(霜降)이 머지않다
귀뚜라미 울음소리 벽 사이에 들리겠네
지금쯤 벼 이삭 누렇게 익었으리
아, 바라만 보아도 배부를 황금벌판!
허기진 내 사람아, 어서 거기 가야지
　　　　　　　　　　　　　——「한로(寒露)」 전문

이 시의 형식은 칠언절구 같은 전형적인 기승전결의 4단 구성이다. 이러한 4단 구성 형식이 애용되고 친화감을 주는 것은 인간의 인식 구조가 이렇게 구성되어 있기 때문이다. 이 시는 5행으로 되어 있지만, 의미의 단락으로는 3, 4행이 묶이기 때문에 4단 구성에 해당한다. 이 시가 시적 광채를 얻는 것은 4단 구성의 틀 위에 신묘하게 배치된 언어의 짜임과 호응 때문이다. "찬 이슬"과 "상강"이 이루는 소리의 조응, "벽 사이에"라는 말이 환기하는 두툼한 부피 감각, 누렇게 익은 벼 이삭과 바라만 보아도 배부른 포만감의 대응, "배부를" 뒤에 이어지는 "허기진"의 논리적 인과 맥락 등은 이 시의 간결한 형식을 넓은 황금벌판의 공간 영역으로 확대시킨다.

이제 다 내려놓고
단순하게 살고 싶네
콩댐을 한 장판방
머리맡엔 목침 하나
몸 이긴 마음이
어디 있을까
창호지에 들이치는
싸락눈 소리

—「한거(寒居)」 전문

8행으로 되어 있는 전형적인 4단 구성의 작품이다. 이 시에는 "콩댐"이라는 시어가 의미를 끌어모으는 자장 역할을 한다. 단순하게 살고 싶다는 화자의 소망을 한 단어로 압축해 보여주는 것이 "콩댐"이다. 요즘 젊은 사람들은 전혀 모를 이 말은 옛날 누르튀튀한 장판방에서 살아본 사람이라야 그 아우라를 반추할 수 있다. 장판을 깐 다음 장판의 손상을 막고 윤기를 내기 위해 콩을 갈아서 들기름에 섞어 표면에 발랐다. 편하게 '니스'('바니시'가 맞는 외래어라 한다)를 사다 바르기도 했지만, 니스의 역한 냄새를 피하고 돈도 아끼려고 콩댐을 했다. 콩댐을 한 장판방은 누릿한 냄새가 나고 반질한 표면에 콩 찌끼가 남아서 오돌오돌했다. 지금 생각하면 정말로 친환경적인 마무리 방법이고 효율적인 재활용 사례이기는 하지만 궁색한 생활 형편을 드러내는 일이기도 했다. 정말 다 내려놓고 단순하게 살고 싶은 사람이라면 마땅히 콩댐을 한 장판방에 뒹굴어야 제격일 것이고 머리맡엔 목침 하나만 있으면 그만일 것이다.

"몸 이긴 마음"이란 무엇일까? 몸은 나른하나 마음은 싱싱한 경우를 생각할 수 있을 터인데, 그런 사례는 없다고 했으니 몸과 마음은 같이 간다는 뜻이리라. 몸이 추우면 마음도 춥고 몸이 넉넉하면 마음도 그렇다. 그런데 "몸 이긴 마음이/어디 있을까"라는 구절은 몸의 한거(寒居)를 마음도 따를 수밖에 없다는 말이면서 또 한편으로는 마음이 몸의 한거를 이겨내는 경우도 있을지 모르겠다는 작은 가능성과 희망을 암시하는 구절 같기도 하다. 4단 구성의 전(轉)에 해당하는 이 구절은 의미의 미묘한 변곡점을 형성한다. 그다음에 배치된 "창호지에 들이치는/싸락눈 소리"는 몸과 마음의 관계를 이어받아 창호지와 싸락눈의 관계로 환치하는 상징적 결구다. 몸은 창호지처럼 연약하고 싸락눈은 추위를 몰고 오지만, 몸이 처한 상황이 단순해지면 마음도 그것을 단순하게 받아들일 수 있을까.

전과 결에 해당하는 이 두 구 때문에 이 시는 그윽하면서도 광휘로운 시의 원광을 두른다. 이 두 구 사이의 묘미를 감득해야 시를 제대로 아는 사람이라 할 수 있을 것이다. 얇은 창호지에 싸락눈이 떨어져 소리를 낸다. 곧 매서운 추위가 몰려올 것 같다. 몸이 먼저 그 장면을 가까이 감촉할 것이다. 겨우 콩댐을 한 장판방에 땔감도 별로 없을 것 같은데 목침 하나로 추위를 감당할 수 있을까? 서정주는 그의 시에서 "싸락눈 내리어 눈썹 때리니" "암무당의 개와 함께 누룽지에 취직했던" 하인 아이가 생각난다고 했다. 정희성은 창호지를 들이치는 싸락눈 소리를 들으며 "몸 이긴 마음이/어디 있을까"를 생각한 것이다. 이 생각의 초점을 한군데 고정시키지 말고 시의 제목인 '한거(寒居)'의 의미 속에 많은 것을 상상해보는 것이 좋을 것이다.

시는 번거로운 것들을 내려놓고 가장 단순하고 천진한 상태를 향해 소슬하게 귀의해가는 데서 빚어지는 것이다. 많은 것을 내려놓은 단순한 사람을 바보라고 할 수도 있고 아이라고 할 수도 있다. 시골 어디에 사는 바보 시인과 서울 어디에 사는 늙은 아이가 만나 소담한 정감의 꽃을 피우는 장면이 「노을고개」에 담겨 있다. 그런 만남이 아니라 하더라도 황잡한 세상을 넘어서기 위해서 자신의 마음을 조용히 내려놓는 연습은 부단히 진행되어야 한다. 그러한 정신의 가다듬음은 타인의 시를 읽는 과정을 통해서도 이루어진다.

가파를 것도 없는 산길 오르다가
돌부리에 걸려 내 몸 패대기쳤습니다
단풍잎 손바닥에서 피가 흘렀지만
넘어진 김에 한참 주저앉아 있었지요
때 이르게 물든 나뭇잎 하나
햇살을 받아 밝게 빛나고 있었습니다
병이 들어 바람에 날리는 나뭇잎이
누선(淚腺)을 건드리며 떨어져내립니다
언젠가 나도 삶을 송두리째
패대기쳐야 할 날이 오겠지요
그날을 위해 저 나뭇잎의 조용한

착지법을 익히리라 생각했습니다
그러자면 욕망으로 가득 찬 육신과 영혼의
무게를 한참은 더 덜어내야 하겠지만요
　　　　　　　　　　　　　　　—「밝은 낙엽」전문

'황동규 시인의 최근 시를 보며'라는 부제가 달려 있는
이 시는 타인의 시를 읽고 얻은 사색의 내용을 그 시의 문
맥을 빌려 표현한 것이다. 마음의 움직임이 문체의 움직임
으로 그대로 이어지는 문학적 감화의 경로를 엿보게 하는
작품이다. 나이가 들면 가파르지 않은 산길을 걷다가도 균
형을 잃고 넘어지는 일이 있다. 시인은 그것을 '패대기치
다'라고 표현했다. '패대기치다'란 말은 '매우 못마땅하여
어떤 물건을 거칠게 내던지다'라는 뜻이다. 균형을 잃고 쓰
러진 자신의 몸을 거칠게 내던진 것으로 표현한 것이다. 여
기에는 많은 것을 내려놓고 단순하게 살지 못하는 자신에
대한 자책의 심정이 담겨 있다.

　시의 중간에는 "나뭇잎이/누선(淚腺)을 건드리며 떨어져
내"린다는 구절이 나온다. 시의 화자는 왜 떨어지는 나뭇잎
에 눈물까지 흘린 것일까? 아무리 몸이 패대기쳐졌다 하더
라도 어른이 눈물까지 흘리지는 않았을 것이다. 슬픔의 감
정이 일어났다면 그것 역시 자신의 생에 대한 자책감 때문
이었을 것이다. 그 자책은 아직 마음속에 많은 것을 지니고

있다는 생각, 소유의 집착에서 벗어나지 못했다는 생각에서 온다. 그렇기 때문에 언젠가 다가올 "삶을 송두리째/패대기쳐야 할 날"에 대비해 "조용한/착지법"을 익히는 일이 절실하게 필요하다. 그러려면 욕망의 무게를 몸과 마음에서 덜어내는 수밖에 없다. 이러한 반성적 태도는 젊은 시인과의 면담에서도 노출된다.

> 생각해보면 박철 시인이 외다리로 오래
> 서 있는 그 단정학 앞에 나를 세워둔 것은
> 남모를 무슨 뜻이 있었을 성싶다
> 그는 짝 잃은 저 외로운 단정학에 관해
> 한편의 시를 쓴 적이 있다고 했다
> 그걸 아직 읽어본 적이 없지만
> 얼핏 미당의 시 한 구절이 생각났다
> 그 시의 이마에도 몇방울의 피가
> 맺혀 있을 것이라고 생각하며 나는
> 학의 정수리에 얹힌 붉은 점을 오래오래
> 바라보고 바라보며 한쪽 다리를
> 슬며시 들어올리는 시늉을 해보았다
>
> ──「단정학 앞에 서서」 부분

이 단정학은 고양시 호수공원 우리에 있는 학이다. 넓은 날개를 가졌지만 좁은 우리에 갇혀 십년 넘게 날갯짓 한번 못해본 학이다. 학은 외다리로 서서 먼 하늘만 바라본다. 그것을 본 시인의 마음이 답답하고 아렸을 것이다. 박철 시인은 그 외로운 학에 대해 시를 쓴 적이 있다고 한다. 뉴스를 검색해보니 단정학 한쌍 중 한마리가 날아오르려다 천장에 머리를 부딪쳐 죽었다고 한다. 그래서 "짝 잃은 저 외로운 단정학"이라고 썼을 것이다. 그러면 박철 시인이 정희성 시인을 단정학 앞으로 안내한 속뜻은 무엇일까? 이 외로운 존재에 대해 한줄의 시를 써야 하지 않겠느냐는 뜻이었을까? 정희성 시인은 박철 시인의 묵언의 제안에 미당의 시 「자화상」을 떠올리는 것으로 대답을 대신했다. 단정학의 정수리에 있는 붉은 무늬가 마치 몇방울의 피처럼 보였기 때문이다.

미당 시인만이 아니라 박철 시인이 쓴 시의 이마에도 몇방울의 피가 섞여 있을 것이다. 앞으로 쓰게 될 정희성 시인의 시에도 역시 몇방울의 피가 맺혀 있을 것이다. 몇방울의 피가 맺혀 있어야 시가 되는 것이라면 "외다리로 서서 먼 하늘만 바라보"는 단정학의 태도에서도 몇방울의 피를 간취할 수 있을 것이다. 그러나 피를 담은 시를 쓰는 것이 쉬운 일은 아니다. 박철 시인은 시를 썼으나 자신은 아직 시를 쓰지 못했기에 나이 든 시인은 슬며시 부끄럽다. 그 면구스러움을 모면이라도 해보려는 듯 한쪽 다리를 들어올리는 시늉을 했다. 이상의 「꽃나무」에 나오는 구절처럼 그런 이상스러운 흉내를 낸 것이다. 여기에 이 시의 비밀이 있고 젊은 시인 앞에 겸허한 자책의 자세를 보이는 나이 든 시인의 우정 어린 진심이 있다.

진심을 잃지 않아야 사람의 마음을 울리는 시가 나온다고 했다. 진심에서 우러나는 시는 천진한 마음의 살결을 그대로 드러낸다. 천의무봉이라는 말의 뜻처럼 억지로 봉합한 자국이 없는 것이다. 시어의 선택과 연결이 지극히 자연스러워 그 자리에 그 말이 놓인 것이 필연인 것 같은 느낌을 준다. 적재적소에 시어가 배치되니 말 하나만 바꾸어도 시 전체의 균형이 흔들린다. 좋은 시는 그런 아스라한 자리에 올라선다. 다음의 시를 보라!

무역센터 건물이 무너졌어도
무역은 사라지지 않았다
건물이 무너진 자리에 건물이 밀어낸
부피만큼 공기가 새로 들어찼고
사람들이 사라진 모양의 공간으로
사람 모양의 바람이 밀려들어왔다
그날 이후 건물에 가려 보이지 않던
한결 넓어진 하늘로 해가 지고
달이 뜨고 구름이 지나가고

무성영화의 한 장면처럼
새들이 끼룩대며 날아갔을 것이다

―「변화」 전문

첫 두행에는 "무역센터"와 "무역"이란 시어의 미묘한 교
차가 있다. 무역센터 건물은 사라져도 자본주의를 지탱하는
무역은 사라지지 않고 세계를 제패한다. 그다음 시행에는
"건물"이란 시어가 반복되어 시적 기능을 행사하고, "밀어
낸"과 "들어찼고"가 대립적 의미로 버티고 선다. 그다음 시
행에는 "사람"이란 시어가 반복의 묘미를 안겨주면서 "사
라진"과 "밀려들어왔다"가 역시 상대적 의미로 작용한다.
어떤 것이 무너지면 그만한 부피의 공기가 들어차고 그와
유사한 모양의 바람이 밀려든다. 이것이 자연의 섭리다.

건물이 있던 자리에 전에 보이지 않던 하늘과 해와 달과
구름이 보이는 것은 이채로운 일이다. 건물 뒤에 이런 자연
풍경이 있었던가 하는 기이한 인상을 새롭게 갖게 한다. 그
기이함을 "무성영화의 한 장면"이라고 표현했다. 그야말로
씰루엣처럼 흘러가는 무성영화의 장면처럼 새들은 날개를
펼쳐 날아가고 자연의 풍경들이 스쳐간다. 생명과 문물의
파괴에는 아랑곳없다는 듯이. 그런 점에서 자연은 어느 면
무정하고 비정하다. 이러한 영상 변화를 연출하는 데 적절
한 시어 배치가 매우 중요한 작용을 했다.

건물이 무너지면서 불행하고 가슴 아픈 일이 많이 일어났지만 인간의 일상은 변함없이 무정하게 흘러간다. 이것이 사실은 더 슬픈 일이다. 그러면 문제는 무엇인가? 폭력과 파괴의 비극에서 벗어나기 위해 필요한 것은 무엇인가? 시인은 욕망의 짐을 덜어내고 단순한 마음을 가져야겠다는 생각을 제시했다. 이것은 소박해 보이지만 매우 중요한 제안이다. 폭력의 시대에 절실하게 필요한 것은 어린이의 마음이다. "내려와아, 위험해애"라는 말에 담긴 진심이 구원의 복음이다. 별빛은 아득하고 창밖에 싸락눈 들이치지만 천사의 날개를 가진 아이들의 노랫소리 들리니 희망은 크다.

지용의 고장
옥천은 시의 나라
울에도 담에도 나무에도
돌 속에도 시가 사네
시가 깃든 바람벽이
창밖으로 비껴가니
시인은 그게 신기해
벽에 날개가 있다 하네
시가 있는 가게를 지나
동화의 나라 아이들은

시를 입에 물고 좋아라

천사같이 날갯짓하네

노래 되어 날아오르네

―「옥천」 전문

李崇源 Ⅰ 문학평론가

시가 어지간히 짧아졌다.

"절정에 가까울수록 뻐꾹채꽃 키가 점점 소모된다"는

지용의 시 한 구절이 생각난다.

어떻게 하고 싶은 말을 다 하고 살겠는가.

그저 손을 들어 소리의 높이를 가늠할 따름이다.

새천년 이래 나의 주제는 평화였다.

그러나 평화는 날이 갈수록 평화롭지 않다.

"평화는 비싸다"라고 말하는 이가 있다.

이 말에는 폭력에 대한 두려움이 깔려 있다.

평화의 시는 평화라는 말 한마디 없이도

평화로울 수 있어야 할 터이다.

나는 거기서 너무 멀리 있다.

내가 사는 시대가 그러하듯이.

2013년 가을

정희성

창비시선 368

그리운 나무

초판 1쇄 발행/2013년 10월 11일
초판 4쇄 발행/2025년 6월 24일

지은이/정희성
펴낸이/염종선
책임편집/윤자영
펴낸곳/(주)창비
등록/1986년 8월 5일 제85호
주소/10881 경기도 파주시 회동길 184
전화/031-955-3333
팩시밀리/영업 031-955-3399 편집 031-955-3400
홈페이지/www.changbi.com
전자우편/lit@changbi.com

ⓒ 정희성 2013
ISBN 978-89-364-2368-1 03810